MONSTRES
13

Photos et dessins : Nicolas Hitori De

Graphisme : Claude Combacau

22, rue Huyghens, 75014 Paris · www.albin-michel.fr

Loi n°49-956 du 16 juillet 1949 sur les publications
destinées à la jeunesse, janvier 2024.

TIRÉ DE L'IMAGINATION DE NICOLAS HITORI DE

MONSTRES

13

scénario : Fabrice Colin

dessin et couleur : Nicolas Hitori De

ALBIN MICHEL

Pour Céleste

– Nicolas Hitori De

DIFFICILE DE SE RAPPELER COMMENT TOUT ÇA A COMMENCÉ.

IL Y AVAIT UNE COLÈRE. UNE COLÈRE SOURDE ET ANCIENNE, VENUE DES PROFONDEURS.
PLACE D'ITALIE
PIFFF
01-07
DÉCEMBRE 2021

PARFOIS, UNE SIMPLE ÉTINCELLE SUFFIT À PROVOQUER UN EMBRASEMENT.
C'ÉTAIT LA FIN DE L'ÉTÉ, ET LE PEUPLE AVAIT DES CHOSES À DIRE - DES CHOSES TRÈS IMPORTANTES.
MOI ? COMME TOUJOURS, J'ESSAYAIS DE ME TENIR À L'ÉCART.
MAIS ON NE PEUT PAS JOUER ÉTERNELLEMENT À CACHE-CACHE AVEC SOI-MÊME.

LA COLÈRE, À VRAI DIRE, ÉTAIT UN SENTIMENT QUI ÉTAIT LOIN DE M'ÊTRE ÉTRANGER.
TANT DE CHOSES ME METTAIENT LES NERFS EN PELOTE, À MOI AUSSI.
TANT DE CHOSES LIÉES À MON ENFANCE, À MA TIMIDITÉ MALADIVE,
AUX DIFFICULTÉS QUE, DEPUIS TOUJOURS, J'ÉPROUVAIS À ME FAIRE DES AMIS.
LE LYCÉE, NOTAMMENT, N'AVAIT PAS ÉTÉ LA PÉRIODE LA PLUS HEUREUSE DE MON ENFANCE.

MAIS C'ÉTAIT TERMINÉ, MAINTENANT.
JE COMMENÇAIS LA FAC. UNE NOUVELLE VIE M'ATTENDAIT. PAS VRAI ?
Loïk BFF
Mobile, Nov 21, 21:02
Grand-mère
Nov 21, 18:27
Van
Mobile, Nov 21, 12:29
...
VOUS ÊTES BIEN SUR LE PORTABLE DE LOÏK ...

C'EST EN TRAIN DE MAL TOURNER, C'EST CLAIR. JE CROIS QUE NOUS AVONS PERDU L'ESPRIT DES DÉBUTS.
À PRESENT, C'EST LA RAGE QUI PREND LE DESSUS.
COMMENT C'ÉTAIT AUJOURD'HUI À L'UNIVERSITÉ ?
LES COURS ONT ÉTÉ ANNULÉS.
MAMAN ! IL Y A DES BARRAGES PARTOUT !
AH BON ?
J'ESPÈRE QUE TOUT CE CIRQUE NE VA PAS DURER TROP LONGTEMPS.
BON, JE MONT
VOIR GRAN
MÈRE.

GRAND-MÈRE ? COMMENT ÇA VA, CE SOIR ?
EST-CE QUE LA NOUVELLE INFIRMIÈRE EST GENTILLE AVEC TOI ?
ELLE REVIENT BIENTÔT, HEIN - NE T'INQUIÈTE PAS.
POUR MOI, C'EST UN PEU COMPLIQUÉ, EN CE MOMENT - MERCI DE DEMANDER.
AVEC TOUT CE QUI SE PASSE DEHORS, TU SAIS...

AU FAIT, TU NE M'AS JAMAIS DIT CE QUE C'EST QUE CE TALISMAN ...
AH ! TES AMIS ARRIVENT.
XIAN ! TU AS L'AIR EN FORME, DIS DONC !
ELLE ÉTAIT BONNE, CETTE SOUPE ?
AH, CE N'EST PAS FACILE DE MANGER PROPREMENT ...
UNE VRAIE SOUILLON, DIS DONC !

QU'EST-CE QUE TU REGARDES, DEHORS ?
ET TOI, FEI ? TON ÉCOLE, ÇA VA ? TU T'Y PLAIS BIEN ?
C'EST LA FAC. JE COMMENCE TOUT JUSTE.
AU FAIT, QUELQU'UN A VU LE PRÊTRE, AUJOURD'HUI ?
TIENS, NON. J'ESPÈRE QU'IL A PROCÉDÉ AUX RITUELS D'USAGE, OUI. PARCE QUE SANS ÇA...
SURTOUT QU'IL PARAÎT QUE ÇA A CHAUFFÉ, AUX ABORDS DU TEMPLE.

ELLES TOMBENT BIEN MAL, CES ÉMEUTES.
LE JOUR DU GRAND DÉRÈGLEMENT N'EST PAS UN JOUR COMME LES AUTRES...
DE QUOI TU PARLES, EXACTEMENT ?

SMASH
CE N'EST PAS UN SECRET. SI LES FORMULES NE SONT PAS PRONONCÉES, LES DÉMONS ESSAIENT DE SORTIR. ET TU SAIS DE QUOI ILS SE NOURRISSENT ?
DE NOTRE PART SOMBRE. MOI, ÇA VA, JE SUIS TRANQUILLE. MAIS VOUS ...
NE ME DIS PAS QUE TU CROIS ENCORE À CES SORNETTES ...?
IL NE SUFFIT PAS DE NIER UNE CATASTROPHE POUR L'EMPÊCHER D'ADVENIR.

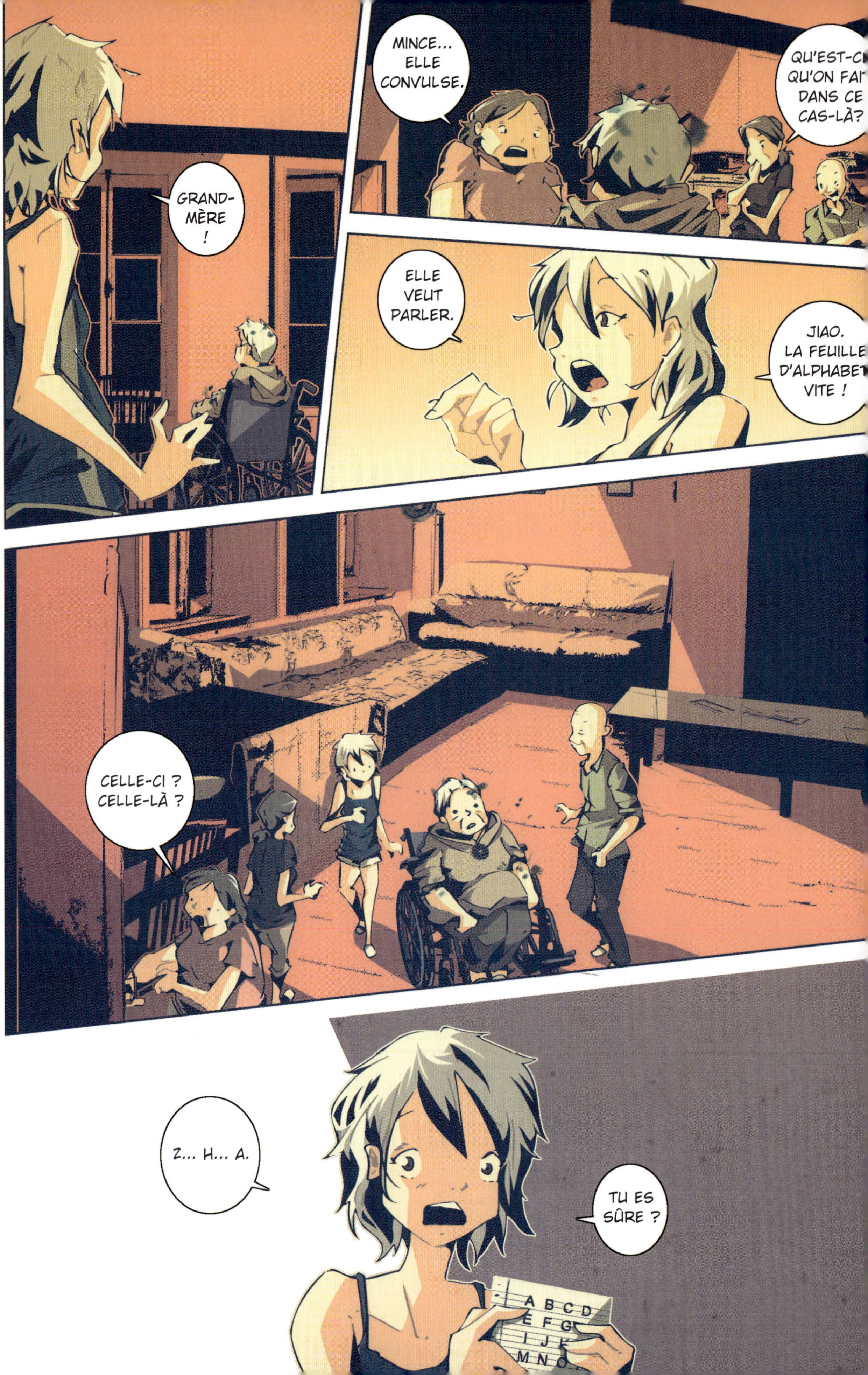
GRAND-MÈRE !
MINCE... ELLE CONVULSE.
QU'EST-C QU'ON FAI DANS CE CAS-LÀ?
ELLE VEUT PARLER.
JIAO. LA FEUILLE D'ALPHABE VITE !
CELLE-CI ? CELLE-LÀ ?
Z... H... A.
TU ES SÛRE ?

ZHANG. LE PRÊTRE.
CE SOIR-LÀ, NOUS SOMMES RESTÉS PLUS LONGTEMPS QUE D'ORDINAIRE AVEC MA GRAND-MÈRE.
ELLE AVAIT PEUR POUR ZHANG, SON VIEIL AMI LE PRÊTRE. ELLE SEMBLAIT CONVAINCUE QU'IL ÉTAIT EN DANGER.
MAIS QUE POUVIONS-NOUS Y FAIRE ?
À PRÉSENT, ÉVIDEMMENT, TOUT EST DEVENU PLUS COMPLIQUÉ...
VOUS PENSEZ QU'ON DEVRAIT... S'INQUIÉTER POUR CET HOMME ?
HONNÊTEMENT ? JE N'EN AI AUCUNE IDÉE.
LE PRÊTRE ZHANG ET ELLE ÉTAIENT TRÈS LIÉS, AUTREFOIS, JE VEUX DIRE : LIÉS PAR UNE SORTE DE... FORCE MYSTIQUE.
À UN MOMENT, ILS SE SONT BROUILLÉS, ET ILS COMMENÇAIENT TOUT JUSTE À SE RABIBOCHER QUAND TA GRAND-MÈRE A EU SON ACCIDENT CÉRÉBRAL.

LE LENDEMAIN.
METRO
Je crois que j'ai trouvé la perle rare !
Loïk BFF
Je crois que j'ai trouvé la perle rare !
PEOPLE, WE THE PIRATES, THE P
THIS GREAT REPUBLIC
JE VOUDRAIS PASSER.
POUR ?
À TON AVIS ? J'AI COURS.
Y A PAS COURS, AUJOURD'HUI. NI DEMAIN, D'AILLEURS. T'ES PAS AU COURANT ?
MATTER WHAT YOU
WHAT YOU'RE STUCK

LÂCHE-MOI.
HÉ !
SALUT. JE M'APPELLE CAMILLE.
J'M'EN FOUS.
ENCHANTÉE, JMENFOUS. DIS DONC, TU SAIS QUOI ? ON EST EN GRÈVE, ICI. ET ON A LE SOUTIEN DE LA MAJORITÉ DES PROFS.
ALORS JE COMPRENDS QUE CE NE SOIT PAS MARRANT POUR TOI, MAIS IL FAUT BIEN QUE TU SAISISSES UN TRUC : ON SE BAT POUR LES DROITS DE TOUS LES ÉTUDIANTS, CES JOURS-CI.
MOUTON, VA ! RETOURNE BÊLER AVEC LE TROUPEAU !

ATTENDS !
QU'EST-CE QUE TU VEUX ?
ILS NE SONT PAS MÉCHANTS EN VRAI. JUSTE À FOND DAN LEUR TRU
JE PEUX T'OFFRIR UN CAFÉ ?
C'EST QUAND MÊME COMPLÈTEMENT DINGUE, CE QUI SE PASSE EN CE MOMENT, NON ?
TOUT LE PAYS DANS LA RUE... IL RISQUE D'Y AVOIR DU CHANGEMENT.
SI TU LE DIS.

ATTENDS UN PEU… TU ES DU CÔTÉ DU GOUVERNEMENT ?
JE SUIS DU CÔTÉ DE RIEN DE TOUT. JE M'EN TAPE, DES MANIFS. DU RESTE AUSSI, D'AILLEURS…
LA VÉRITÉ, C'EST QUE JE NE ME SENS PAS TROP À MA PLACE, ICI. JE VEUX DIRE : DANS CE MONDE.
EUH… OK.
TU AS DES PROBLÈMES PSY ? ON PEUT EN PARLER, SI TU VEUX.
J'AI UNE COUSINE QUI A ÉTÉ DIAGNOSTIQUÉE BIPOLAIRE.
ON VA S'ARRÊTER LÀ.
HÉ, POURQUOI TU T'ENFUIS ? C'EST QUOI TON SOUCI ?
MA PAROLE, T'ES VRAIMENT CINGLÉE !

Loïk,
t'es où ?
???
J'espère que
tu t'éclates
avec ton mec.
En tout cas,
ravie de savoir
que je peux
compter sur toi.

ON PEUT SAVOIR POURQUOI TU N'ES PAS EN COURS ?
PARCE QU'IL N'Y A PAS COURS.
LE FILS DES WANG DIT QUE SI.
L'AÎNÉ DES WANG ?
CE DÉBILE QUI GLANDE DANS SON ÉCOLE À 2 000 EUROS PAR MOIS ?
FEI !
SI J'APPRENDS QUE TU AS SÉCHÉ NE SERAIT-CE QU'UNE HEURE, TU PEUX T'ATTENDRE À DE GROS PROBLÈMES, MA FILLE !
FEI ! TU M'ENTENDS ?

Bienvenue à l'Université Pierre et M
CHOMAGE PRECARITE
JUSSIEU MOBILISE CONTRE
ALORS, TU ES REVENUE…
PAS POUR TOI.
JE VOULAIS TE DIRE, À PROPOS DE CE MATIN : JE SUIS DÉSOLÉ, JE N'AI PAS SU M'Y PRENDRE.
J'ESPÈRE QUE JE NE T'AI PAS BLESSÉE.
TU FERAIS QUOI SI C'ÉTAIT LE CAS ?
Loïk BFF
Toujours pas cours. RV comme d'hab.

TE VOILÀ ENFIN.
TU NE DIS RIEN. TU M'EN VEUX ?
TU AS LU MES MESSAGES. ET TU N'AS PAS RÉPONDU.
JE N'AI PAS RÉPONDU TOUT DE SUITE, NUANCE ! PARCE QUE, COMME JE TE LE DISAIS, J'ÉTAIS SUR UN COUP.
UN MEC TROP CRAQUANT - ON SE VOIT DANS DEUX JOURS, D'AILLEURS. MAIS JE SUIS LÀ, MAINTENANT. COMMENT TU VAS ?

MOYEN.
RACONTE ?
C'EST ASSEZ SIMPLE. JE CROIS QUE JE SUIS EN TRAIN DE PERDRE LA BOULE.
DE QUOI TU PARLES ?
JE SENS DES CHOSES, LOÏK. JE VOIS DES CHOSES.
DES CHOSES ?
MERDE ! MES PARENTS...
FEI !
TU N'AS PAS EU MON MESSAGE ?
GRAND-MÈRE EST TOMBÉE DANS LE COMA. ELLE A ÉTÉ EMMENÉE À L'HÔPITAL.

HÉMORRAGIE CÉRÉBRALE. ELLE A PERDU CONNAISSANCE EN QUELQUES SECONDES.
UNE CHANCE QUE XIAN SE SOIT TROUVÉ SUR PLACE.
MAIS... ELLE VA S'EN SORTIR ?
ILS SONT EN TRAIN DE LUI FAIRE UN TAS D'EXAMENS.
POUR L'INSTANT, ILS PRÉFÈRENT NE PAS SE PRONONCER.
JE VAIS ALLER LA VOIR. SEUL, POUR L'INSTANT - CE SONT LES CONSIGNES.
NATURELLEMENT, JE VOUS TIENS AU COURANT.
NON, FEI : J'AI DIT "SEUL".

QU'EST-CE QUE...

PARC KELLERMAN
TU FUMES, MAINTENANT ?
ET ALORS ?
NOUS ALLONS FERMER, JEUNES GENS.
JUSTE CINQ MINUTES, S'IL VOUS PLAÎT ! ON RESTE ICI : DANS LE COIN.
FEI ?
C'EST LÀ OÙ J'ALLAIS ME PROMENER AVEC GRAND-MÈRE QUAND ELLE... QUAND...
HEY...

J'AI VU DES MONSTRES.
T'ES PAS LA SEULE...
T'ES SÛRE QUE ÇA VA, EN CE MOMENT ?
JE SUIS SÛRE QUE ÇA NE VA PAS, OUI.
D'ACCORD. ON S'EN VA.
J'AI L'IMPRESSION D'ÊTRE SUIVIE. PAS TOUJOURS, MAIS SOUVENT.
PAR TES MONSTRES ?

POURQUOI EST-CE QUE JE SUIS LA SEULE À LES VOIR, HEIN ?
TU CROIS QUE C'EST MOI QUI LES FAIS APPARAÎTRE ?
D'ABORD, QUI TE DIT QUE TU ES LA SEULE ? ENSUITE...
VAS-Y. CRACHE LE MORCEAU.
旋酒家
歐洲時報
JOURNAL NOUVELLES D'EUROPE
TU TE SOUVIENS, IL Y A TROIS OU QUATRE ANS ?
QUAND TU M'AS ANNONCÉ QUE TA GRAND-MÈRE ÉTAIT MÉDIUM ?

OUI. ET ?
TU NE M'AS PAS RACONTÉ QUE C'ÉTAIT UN POUVOIR QUI SE TRANSMETTAIT ?
C'EST MA GRAND-MÈRE QUI A DIT ÇA. ELLE NE M'A JAMAIS DIT QU'ELLE ME L'AVAIT TRANSMIS À MOI.
MAIS SI C'ÉTAIT LE CAS ?
IMAGINE... SI TU AVAIS LE POUVOIR DE VOIR DES CHOSES QUE LES AUTRES NE VOIENT PAS...
JE NE CROIS PAS AUX FANTÔMES OU AUX DÉMONS, MAIS JE CROIS ENCORE MOINS QUE TU ES FOLLE.
QU'EST-CE QUE TU EN CONCLUS ?
ALORS... TU ME CROIS ?

TANG GOURM
C'EST MIGNON, ÇA. POURQUOI C'EST PAS PLUS COURT ?
ARRÊTEZ S'IL VOUS PLAÎT.
QUOI - JE TE FAIS UN COMPLIMENT ! C'EST PAS UN VIOL, QUAND MÊME !
JE N'AI PAS BESOIN DE COMPLIMENTS.
TIENS. REDESCENDS UN PEU DE TON PIÉDESTAL.
AH OUAIS ? ET TU VAS FAIRE QUOI ? PORTER PLAINTE POUR HARCÈLEMENT ?
HÉ ! LAISSEZ-LA TRANQUILLE !

T'ES QUOI, TOI ? REPRÉSENTANT SYNDICAL ?
NON, MAIS...
ALORS FERME TA GUEULE.
SI T'AVAIS FAIT DES ÉTUDES, TU SERAIS PAS LÀ À TRIMER COMME UN PAUVRE MEC...
VIENS. ON S'EN VA.
JE VOUS PRÉVIENS : SI VOUS FRANCHISSEZ CE SEUIL, VOUS ÊTES VIRÉS !
C'EST ÇA. À DEMAIN.
VIRÉS, JE VOUS DIS !

CD SYNCHRO
MODE
夢中人
一分鐘抱緊
接十分鐘的吻
TSCK
陌生人
怎麼走進內心
製造這次興
MANGUE
5€75
ORIGINE
12€90
T'AS QUOI, TOI ? TU VEUX MA PHOTO ?

CRUNCH
陳氏百貨

TROISIÈME JOUR.
JE PEUX VOUS AIDER, MADEMOISELLE ?
HOPITAL DE LA
JE CHERCHE LE, EUH... SERVICE DE RÉANIMATION.
C'EST ICI IL VA FALLOIR MARCHER UN PEU.
MERCI.

OFFICIELLEMENT, ET À EN CROIRE MES PARENTS, MA GRAND-MÈRE SE TROUVAIT DANS UN ÉTAT "STABLE".
JE NE POUVAIS AS EN DIRE AUTANT.
TROP DE MYSTÈRES, TROP DE QUESTIONS SANS RÉPONSES....
MÊME PRESQUE MORTE.
J'AVAIS BESOIN DE LA VOIR, ABSOLUMENT. MÊME MUETTE.

POUR LE GOÛTER, JE T'AI ACHETÉ DES BISCUITS AU CHOCOLAT.
ÇA, UN VERRE DE LAIT, ET RIEN D'AUTRE - C'EST BIEN COMPRIS ?
SLAM

OSAURUS
chocolat
au lait
BAAM

BA—AAAM

CRUNCH
CRUNCH
CRUNCH

BONJOUR GRAND-MÈRE.

NIHON KOHDEN
102
96
BIP BIP BIP
QU'EST-CE QUE...
JE M'APPELLE ZHANG.
TU SAIS QUI JE SUIS, N'EST-CE PAS ?
LE... PRÊTRE ?

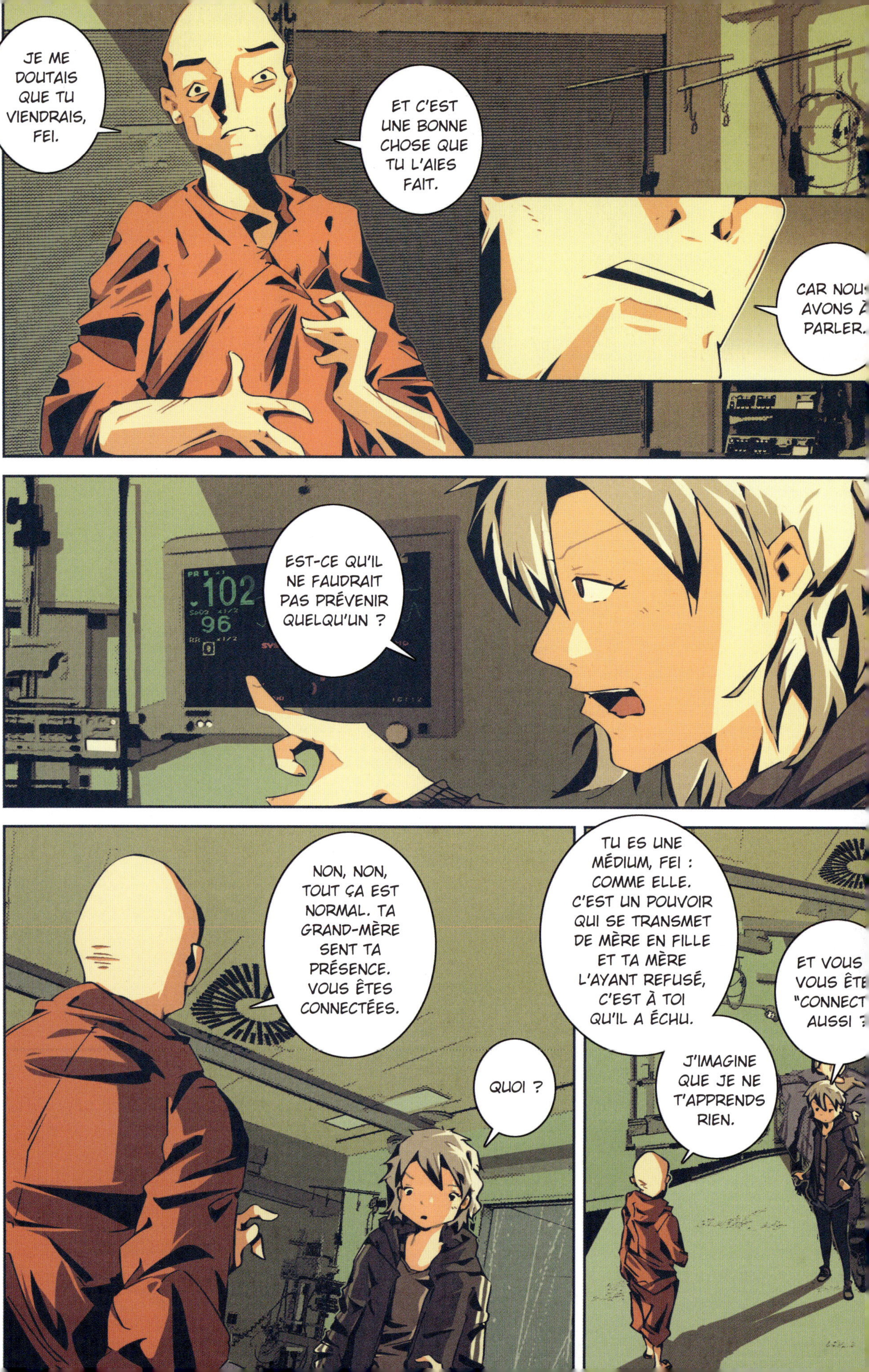
JE ME DOUTAIS QUE TU VIENDRAIS, FEI.
ET C'EST UNE BONNE CHOSE QUE TU L'AIES FAIT.
CAR NOU AVONS À PARLER.
EST-CE QU'IL NE FAUDRAIT PAS PRÉVENIR QUELQU'UN ?
NON, NON, TOUT ÇA EST NORMAL. TA GRAND-MÈRE SENT TA PRÉSENCE. VOUS ÊTES CONNECTÉES.
QUOI ?
TU ES UNE MÉDIUM, FEI : COMME ELLE. C'EST UN POUVOIR QUI SE TRANSMET DE MÈRE EN FILLE ET TA MÈRE L'AYANT REFUSÉ, C'EST À TOI QU'IL A ÉCHU.
J'IMAGINE QUE JE NE T'APPRENDS RIEN.
ET VOUS VOUS ÊTE "CONNECT AUSSI ?

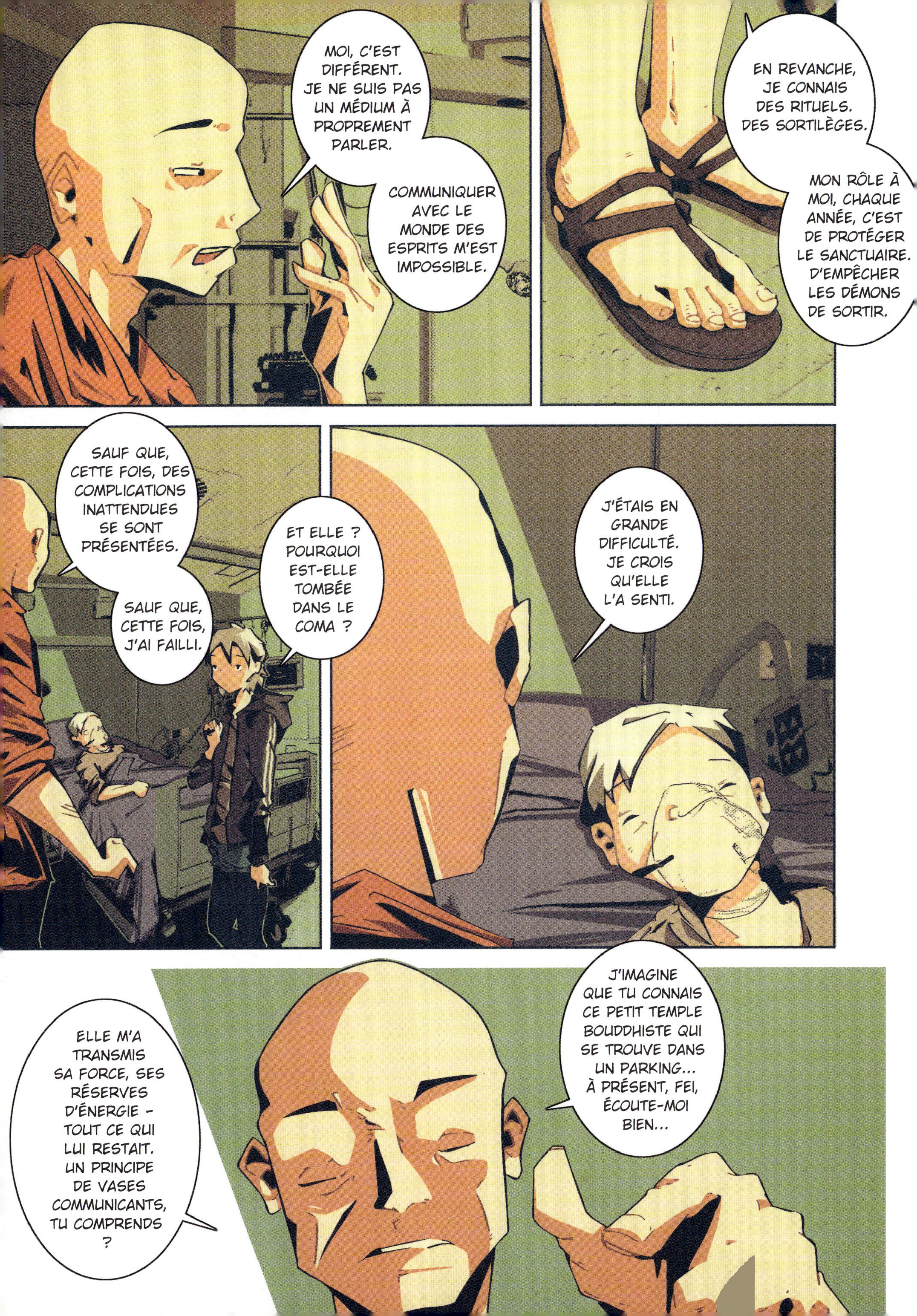
MOI, C'EST DIFFÉRENT. JE NE SUIS PAS UN MÉDIUM À PROPREMENT PARLER.
COMMUNIQUER AVEC LE MONDE DES ESPRITS M'EST IMPOSSIBLE.
EN REVANCHE, JE CONNAIS DES RITUELS. DES SORTILÈGES.
MON RÔLE À MOI, CHAQUE ANNÉE, C'EST DE PROTÉGER LE SANCTUAIRE. D'EMPÊCHER LES DÉMONS DE SORTIR.
SAUF QUE, CETTE FOIS, DES COMPLICATIONS INATTENDUES SE SONT PRÉSENTÉES.
SAUF QUE, CETTE FOIS, J'AI FAILLI.
ET ELLE ? POURQUOI EST-ELLE TOMBÉE DANS LE COMA ?
J'ÉTAIS EN GRANDE DIFFICULTÉ. JE CROIS QU'ELLE L'A SENTI.
ELLE M'A TRANSMIS SA FORCE, SES RÉSERVES D'ÉNERGIE - TOUT CE QUI LUI RESTAIT. UN PRINCIPE DE VASES COMMUNICANTS, TU COMPRENDS ?
J'IMAGINE QUE TU CONNAIS CE PETIT TEMPLE BOUDDHISTE QUI SE TROUVE DANS UN PARKING... À PRÉSENT, FEI, ÉCOUTE-MOI BIEN...

LYMPIADES
ENTRE COMMERCIAL OSLO
ERS SUPERMARCHES
CLANG
CLANG

ATTENDEZ, LES MECS, VOUS ÊTES SÛRS…
QUOI, T'AS LA TROUILLE ? TU VEUX RENTRER CHEZ TA MAMAN ?
NON, MAIS…
ALORS TA GUEULE.
PSHHT
DVD VCD CD
AVEC OU SANS FIL

LES GARS... C'EST QUOI, CE TRUC ?

SSS
Restaurant
BONK
BONK
AAAARRRGHH!

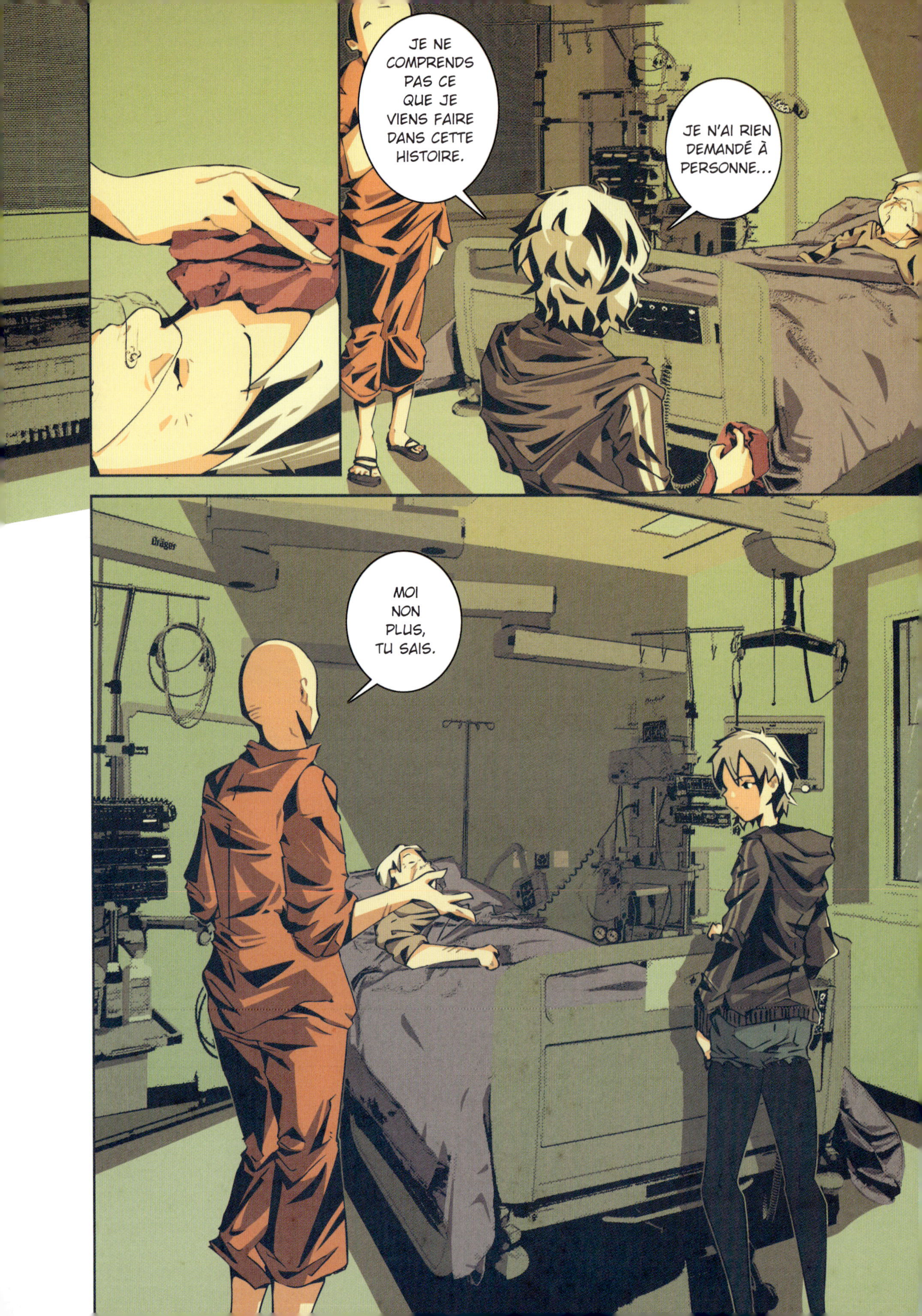
JE NE COMPRENDS PAS CE QUE JE VIENS FAIRE DANS CETTE HISTOIRE.
JE N'AI RIEN DEMANDÉ À PERSONNE...
MOI NON PLUS, TU SAIS.

NOUS N'AVONS PAS LE CHOIX. IL Y A CETTE BRÈCHE, AU CŒUR DU TEMPLE. LES DÉMONS L'ONT TROUVÉE, ET ILS ONT PROFITÉ DE NOTRE FAIBLESSE POUR S'INTRODUIRE DANS NOTRE MONDE.
ET NOUS DEVONS LES RENVOYER LÀ D'OÙ ILS VIENNENT.
"NOUS" ?
TU ES MÉDIUM.
NON SEULEMENT TU PEUX VOIR CES ÊTRES, LES DÉTECTER -
MAIS TU PEUX ENTRER EN CONTACT AVEC EUX.
AVEC L'AIDE DE CE TALISMAN, TU POURRAS MÊME LES ATTIRER.

Soins critiques
Accueil
Heures de visites:
13 h 00 - 20 h 00
PARCE QU'IL Y A QUELQUE CHOSE DE MAUVAIS EN MOI...
QUOI ? NON - PAS PLUS QU'EN N'IMPORTE QUI.
N'EMPÊCHE QUE J'AI CE POUVOIR ! ET QUE, CONTRAIREMENT À MA MÈRE, JE N'AI PAS SU LE REFUSER...

ATTENDS !

CHÉRI ?
OÙ EST-CE QUE TU ÉTAIS ? IL EST TELLEMENT TARD.
JE NE T'AVAIS PAS DIT DE TE COUCHER, TOI ?
SI, MAIS... JE M'INQUIÉTAIS.
WOOOSH
BON SANG, QU'EST-CE QU'IL FAUT FAIRE POUR AVOIR LA PAIX DANS CE FOUTU TROU À RATS ?

RUNCH
AAAAHH!

C'ÉTAIT PAS LE RENDEZ-VOUS QUE TU ESPÉRAIS ?
HÉ, CHÉRI, REVIENS !
ALORS, LA TAPETTE ?
ON N'EST PAS ASSEZ BIEN POUR TOI ?
BAANG
BAANG
BAANG

AA—NG
AI... AIDE-MOI...

LOÏK !
JE NE COMPRENDS PAS... CE N'EST PAS MOI, JE TE JURE QUE...
JE SAIS. VIENS.

OÙ EST-CE QU'ON VA ?
AU TEMPLE. EN TOUT CAS, MOI, J'Y VAIS. TOI, TU VAS M'ATTENDRE DEHORS.
AU TEMPLE ? POUR QUOI FAIRE ?
J'AI VU LE PRÊTRE. IL M'A EXPLIQUÉ UN TAS DE CHOSES.
AU DÉBUT, JE ME SUIS DIT QU'IL PERDAIT LES PÉDALES. MAIS PEUT-ÊTRE PAS, EN FAIT.
PEUT-ÊTRE QUE C'EST LE MONDE QUI EST DEVENU CINGLÉ.

QUOI ? QU'EST-CE QUI SE PASSE ? TU M'INQUIÈTES, LÀ...
RESTE OÙ TU ES. NE TOUCHE À RIEN.
C'EST LE CARNET DONT LE PRÊTRE M'A PARLÉ !
TOUT EST LÀ, C'EST DINGUE !
APPAREMMENT, IL EXISTE TREIZE...
TREIZE SORTES DE DÉMONS...
ILS SE NOURRISSENT DES MAUVAIS PENCHANTS DES GENS, ET...

DONNE-MOI CETTE MERDE.
TU N'ES PAS LOÏK.
SANS RIRE... ET TU VAS FAIRE QUOI ?
M'ATTAQUER AVEC DE LA MOUSSE ?
QU'EST-CE QUE TU CROIS, PETITE IDIOTE ? QUE TU VAS SAUVER LE MONDE ?
JE BRÛLE TROP FORT POUR TOI, MIGNONNE !
LA FERME.
SMAAASH

TIENS, CRAME UN PEU. ET VA-T'EN. RENDS-MOI MON AMI.
WOOOSHH
QU'EST-CE QUI S'EST PASSÉ ? JE ME SENS... COMPLÈTEMENT VIDÉ.
LES DÉMONS, LA FAILLE, LE TALISMAN... LE PRÊTRE AVAIT RAISON. IL FAUT QU'ON AILLE LE TROUVER.
HÉ ! ATTENDS-MOI !

LE PRÊTRE ZHANG PRÉTEND QU'IL PEUT M'AIDER À LES RENVOYER DANS LEUR MONDE...
ET, OUI, JE SAIS À QUOI ÇA RESSEMBLE MAIS...
PARLE MOINS VITE. QUEL TALISMAN ?
CELUI DE MA GRAND-MÈRE, LOÏK : CELUI QUI DOIT ME PERMETTRE D'ATTIRER LES DÉMONS.
J'AI L'IMPRESSION DE NAGER EN PLEIN CAUCHEMAR.
JE LES OIS, LOÏK. E LES VOIS EPUIS LE ÉBUT - TU E L'AVAIS DIT, TU TE OUVIENS ?
ET TU AVAIS RAISON : JE NE SUIS PAS LE PROBLÈME.
TU ES QUOI, ALORS ?

SON FILS ? QU'EST-CE QUE VOUS RACONTEZ ?
ZHANG N'A JAMAIS EU D'ENFANT...
ALORS JE SUIS QUI, À VOTRE AVIS ?
SHH
JE NE SAIS PAS, MAIS...
AU REVOIR, MADAME.
SLAM
IL Y A UN PROBLÈME...
COMMENT ÇA ?
ZHANG M'AVAIT CERTIFIÉ QU'IL RENTRERAIT CHEZ LUI APRÈS L'HÔPITAL.

FRZZZ
GNNRL...
FNNON
IOUPLAÎT
OOON!
TU SAIS ENFONCER UNE PORTE ?

AAAAAH
SLAM

SMAAASH

AAAH!
BLAM
SLAAAS

SMAASH

QU'EST-CE QUE C'EST QUE ÇA, ENCORE ?
SALOPERIE.
POURQUOI TU ME REGARDES COMME ÇA ? TU M'AS JAMAIS VUE ?
PETITS CONS, VA.

ET TOI ?!
COMMENT T'ES RENTRÉ ICI ?
DÉGAGE !
AAAH!

LE DÉMON... IL M'ATTENDAIT CHEZ MOI.
JE N'AI PAS ÉTÉ ASSEZ PRUDENT.
ET APRÈS ÇA... J'AI PERDU CONNAISSANCE.
IL S'EST NOURRI DE VOTRE ÉNERGIE.
NOUS SOMMES ALLÉS AU TEMPLE. J'AI TROUVÉ VOTRE CARNET.
JE SUIS VENUE AUSSI VITE QUE J'AI PU.
JE... JE SUIS DÉSOLÉ DE NE PAS VOUS AVOIR CRU.

PEU IMPORTE. À PRÉSENT, TU SAIS. TU SAIS QU'ILS S'ATTAQUENT AUX GENS MAUVAIS, AUX GENS FAIBLES.
SEULEMENT, NE LE SOMMES-NOUS PAS TOUS, À UN MOMENT OU À UN AUTRE ? MOI, J'AI PÉCHÉ PAR EXCÈS DE CONFIANCE.
N'Y PENSEZ PLUS. REPOSEZ-VOUS. JE VAIS RETOURNER AU TEMPLE.
JE VAIS FAIRE CE QUE VOUS M'AVEZ DEMANDÉ.
DANS LE TIROIR DE MA TABLE DE NUIT. LE TALISMAN... ET LA FORMULE, AUSSI. SUR UN BOUT DE PAPIER.
C'EST ELLE QUI TE PERMETTRA DE SCELLER LA BRÈCHE. MOI, JE NE POURRAI PAS... JE SUIS TROP FAIBLE.

TOI, TU RESTES À L'ÉCART, DANS LE PARKING, COMPRIS ?
ET SI TU SENS QUE ÇA TOURNE MAL, TU ...
J'APPELLE LA POLICE ?
TU COURS.

WOOOOO
KABOOM

EXO CASH & CARRY
PRODUITS EXOTIQUES GROS MICROS
MEDECIN
SAMU de PARIS
MA PETITE FILLE ADORÉE…
MA CHÉRIE.
EST-CE QUE…
TU AS RÉUSSI, FEI. ILS SONT PARTIS.

MERCI, MON ENFANT.
MERCI...

JE TE SIGNALE QUE J'AI FAILLI TE PERDRE DANS LES FLAMMES.
J'AIMERAIS BIEN NE PAS AVOIR L'IMPRESSION QUE C'EST À CAUSE DE MOI QUE TU CLOPES.
QUEL RAPPORT ?
AUCUN.
COMMENT TU TE SENS ?
PAS FORCÉMENT.

UNE HEURE QUARANTE À PIED. PAS DE MÉTRO. TU CROIS QUE LES GRÈVES VONT S'ARRÊTER UN JOUR ?
PEUT-ÊTRE QUE C'EST À NOUS D'EN DÉCIDER.
DIFFICILE À DIRE. E DEVRAIS RE TRISTE, NON ?
ALORS, DISONS QUE JE ME SENS ENTIÈRE. COMME SI J'ÉTAIS RÉCONCILIÉE AVEC... AVEC QUELQUE CHOSE DE PLUS VASTE.
AMEN.
ET CE SOIR ? TU FAIS QUOI ?
JE PRENDS MA PLACE.

JE PRENDS MA PLACE DANS LE MONDE.
27 28 29
JUILLET 1830

Quartier de Fer

Dessins numériques d'après photos

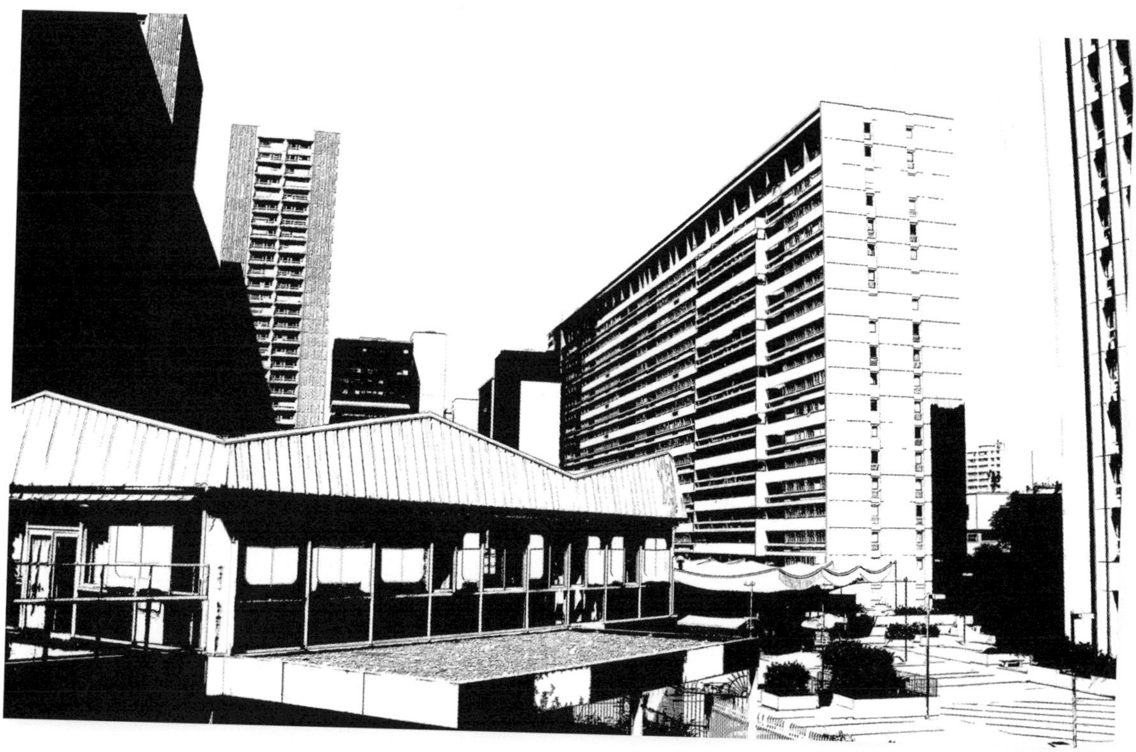

DE CULTE DE
觀音菩薩 玄武山佛祖

怪物

Mon carnet de monstres

Par Fei

D'après les notes du prêtre Zhang
& mes observations de terrain

N.B. : Ce carnet est constitué d'un matériau théorique rassemblé par un membre du clergé spécialiste des mythes et légendes chinois, ainsi que de souvenirs personnels et de témoignages divers.

Il ne prétend ni à l'exhaustivité ni à l'exactitude. Les croquis ont été effectués de mémoire, ou d'après description. L'autrice décline toute responsabilité quant aux informations livrées et à l'usage qui pourrait en être fait.

Sha Gui

Cet être fantomatique, léger comme le vent, est capable de parcourir des centaines de kilomètres en un clin d'œil, et de surgir inopinément en n'importe quel lieu. Il se nourrit de déchets. On le décrit comme opiniâtre et fantasque.

Dao Lao

Ce monstre effrayant, qui hante les montagnes de Linchuan, est souvent accompagné de rafales de vent et de fortes pluies. Par la bouche, il est capable de pulvériser un nuage hautement toxique : ceux qui sont touchés succombent en général en moins de 24 heures.

Shitu Gui

Perpétuellement assoiffé et affamé, cet être ne peut trouver sa pitance que dans ce que les humains crachent ou jettent. Les déjections l'attirent. Une intense tristesse se dégage de sa masse.

Shixue Gui

Cet être redoutable trouve refuge dans les abattoirs – les marchés de bétail ou de viande, gorgés de souffrance. Il se nourrit de sang, avec une prédilection marquée pour le sang humain.

Durian

Ce fruit à l'odeur pestilentielle, protégé par de longues épines raides, renferme une chair jaune censément comestible. Mais le durian peut aussi se révéler un démon vicieux, attaquant en bande, et jetant son dévolu sur les êtres agressifs et solitaires.

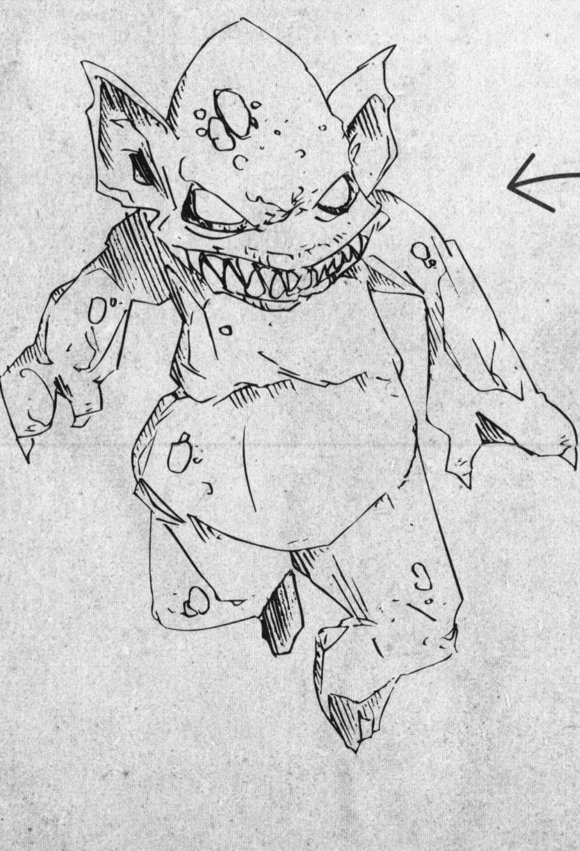

Mogwaï

Sorte de lutin aux pouvoirs étranges, très éloigné de l'adorable créature représentée par Steven Spielberg dans son film « Gremlins ». Le mogwaï est féroce, sournois, haineux. Sa reproduction est, dit-on, favorisée par l'arrivée des pluies.

Jiangshi

Cadavre en partie animé, qui se déplace par bonds rapides – mû par sa propre énergie ou par la magie d'un prêtre taoïste. Il affectionne la chair humaine, mais peut aussi convoiter le souffle vital des hommes.

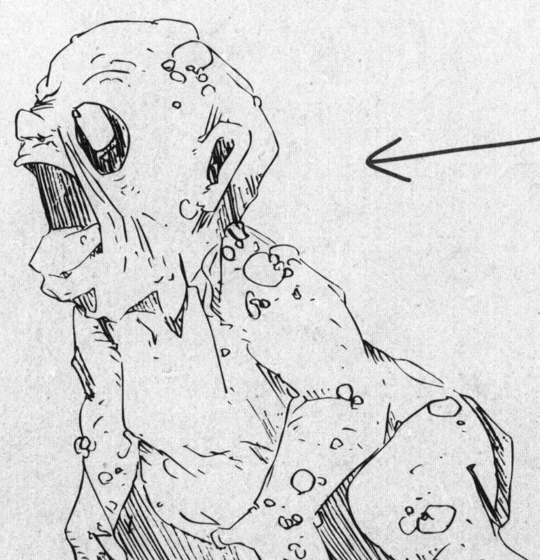

Xiaoer Gui

Cet enfant fantôme, ou « fantôme du cri nocturne », est la réincarnation d'un enfant mort-né. Il peut apparaître la nuit, sautant sur le lit des femmes enceintes victimes de maltraitance. La lumière est son ennemie, particulièrement celle de couleur rouge.

Zhouyouling

Cette créature vicieuse peut prendre le contrôle d'un corps humain et le forcer à se comporter de façon erratique et dangereuse pour son intégrité, altérant ses fonctions et son comportement.

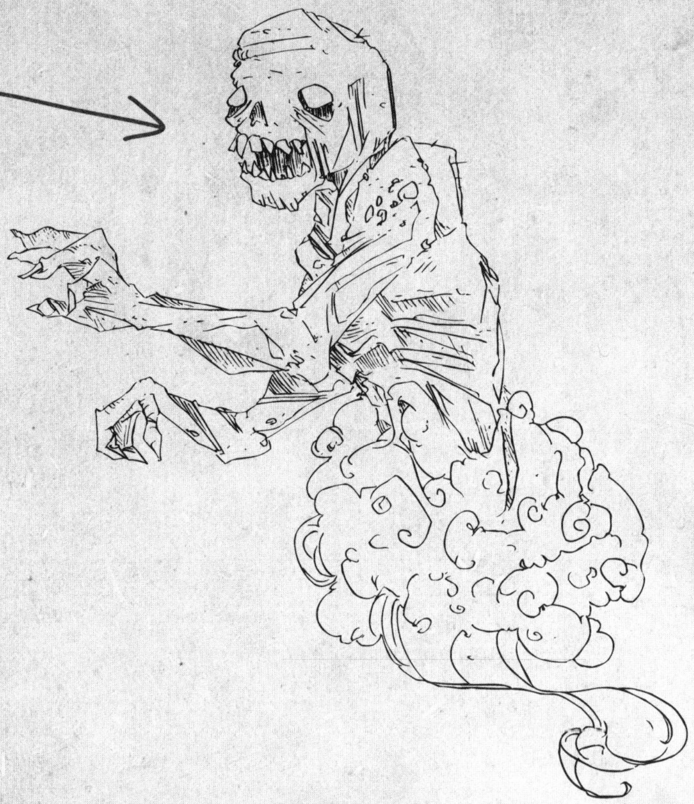

Quiongqi

On le décrit comme une sorte de tigre pourvu d'ailes de dragon, capable de dévorer un être humain, en commençant en général par la tête. Une seule solution : l'utilisation d'un sabre sacré.

Mao gui

Ce fantôme de chat, qui fait preuve d'une férocité inextinguible, semble frappé de folie. Il mord, crache et griffe sans pitié, s'acharnant volontiers sur les êtres veules, vieux ou atrabilaires.

Shifa Gui

Ce fantôme est friand de cheveux d'humains adultes – et marque une préférence pour ceux des femmes célibataires. Après un passage chez le coiffeur, il est recommandé de brûler ce qui reste au sol.

Xichu gui

Ce spectre ressemblant à une vieille femme difforme – friand de sang, de maladies et de microbes – est capable, par ses apparitions, de provoquer chez ceux qui le croisent une terreur intense.

PEFC 10-31-2065 / Certifié PEFC / pefc-france.org

Le papier utilisé pour ce livre est issu de forêts gérées durablement.
Imprimé en France par Pollina - 48014.
Dépôt légal : janvier 2024.
Numéro d'édition : 25053/01
ISBN : 978-2-226-47533-6